DE LA PELÍCULA

Disney · PIXAR

ELIO

AF872798

cliper

Papel certificado por el Forest Stewardship Council®

MIXTO
Papel | Apoyando la silvicultura responsable
FSC® C117695
FSC www.fsc.org

Penguin
Random House
Grupo Editorial

Primera edición: julio de 2025

© 2025 Disney Enterprises, Inc. and Pixar. All rights reserved.

© 2025, publicado por Penguin Random House Grupo Editorial, S.A.U.
Travessera de Gràcia, 47-49. 08021 Barcelona

Penguin Random House Grupo Editorial apoya la protección de la propiedad intelectual. La propiedad intelectual estimula la creatividad, defi ende la diversidad en el ámbito de las ideas y el conocimiento, promueve la libre expresión y favorece una cultura viva. Gracias por comprar una edición autorizada de este libro y por respetar las leyes de propiedad intelectual al no reproducir ni distribuir ninguna parte de esta obra por ningún medio sin permiso. Al hacerlo está respaldando a los autores y permitiendo que PRHGE continúe publicando libros para todos los lectores. De conformidad con lo dispuesto en el artículo 67.3 del Real Decreto Ley 24/2021, de 2 de noviembre, PRHGE se reserva expresamente los derechos de reproducción y de uso de esta obra y de todos sus elementos mediante medios de lectura mecánica y otros medios adecuados a tal fi n. Diríjase a CEDRO (Centro Español de Derechos Reprográfi cos, http://www.cedro.org) si necesita reproducir algún fragmento de esta obra.
En caso de necesidad, contacte con: seguridadproductos@penguinrandomhouse.com

Printed in Spain – Impreso en España

ISBN: 978-84-19487-46-9
Depósito legal: B-6486-2025

Diseño y maquetación: MYR Servicios Editoriales, S.L.

Impreso en Índice, S.L.
(Barcelona)

DS 8 7 4 6 9

Colección *Ya leo solo*

Ya leo solo **es una colección de libros especialmente concebida para lectores a partir de 5 años. Está pensada para fomentar la lectura autónoma en la que a esa edad se inician los niños y niñas.**

En la colección se incluyen historias de los personajes más conocidos de Disney para que los niños los reconozcan y simpaticen con ellos rápidamente: Elsa, el Rey León, Rayo McQueen o Mickey y Minnie harán que los niños aprendan y pasen ratos muy entretenidos. Junto a los protagonistas de sus películas favoritas, los pequeños aprenderán **valores** como: la amistad, la solidaridad, la superación de dificultades y la autonomía personal.

Cada historia está escrita con frases breves, vocabulario sencillo y en una doble tipografía: **letra ligada** y **letra mayúscula** que son las dos tipografías con las que los niños y niñas aprenden a leer en el colegio.

Cada página incluye frases de fácil comprensión, y se apoya el texto con grandes ilustraciones de página completa para acompañar y hacer más amena la lectura.

Cada libro de la colección tiene 32 páginas. Después de la historia se incluyen páginas con **actividades lúdicas** sobre comprensión lectora, adquisición de vocabulario, identificación de imágenes, grafomotricidad o conceptos matemáticos sencillos.

Con esta colección se pretende:

- **Despertar el interés por la lectura autónoma.**
- **Desarrollar la creatividad.**
- **Enseñar progresivamente pautas elementales de convivencia.**

Algunas de las competencias que se desarrollarán son:

- **Competencia para aprender a aprender:** mediante la adquisición de procesos básicos como son la agudeza visual y la capacidad de abstracción.
- **Competencia en comunicación lingüística:** al comprender el relato, memorizando datos de este y adquiriendo un vocabulario adecuado.
- **Competencia cultural y artística:** al disfrutar de la estética plástica de las imágenes de los libros.

Elio está convencido de que los extraterrestres existen. Le gustaría mucho contactar con ellos. Hoy ha ido a la playa. Cree que si lo ven, quizá lo lleven a su planeta.

ELIO ESTÁ CONVENCIDO DE QUE LOS EXTRATERRESTRES EXISTEN. LE GUSTARÍA MUCHO CONTACTAR CON ELLOS. HOY HA IDO A LA PLAYA. CREE QUE SI LO VEN, QUIZÁ LO LLEVEN A SU PLANETA.

ALIENS!
ME!!!

Bryce y Caleb también van a la playa. De pronto, en la radio de Bryce se oye un mensaje: «Hola, planeta Tierra». Caleb y Elio se pelean por la radio y él se hace daño en un ojo.

BRYCE Y CALEB TAMBIÉN VAN A LA PLAYA. DE PRONTO, EN LA RADIO DE BRYCE SE OYE UN MENSAJE: «HOLA, PLANETA TIERRA». CALEB Y ELIO SE PELEAN POR LA RADIO Y ÉL SE HACE DAÑO EN UN OJO.

Su tía Olga va a buscarlo y lo lleva a la base militar donde trabaja. Allí han recibido el mismo mensaje. Creen que es una broma. Cuando se queda solo, Elio responde al mensaje.

SU TÍA OLGA VA A BUSCARLO Y LO LLEVA A LA BASE MILITAR DONDE TRABAJA. ALLÍ HAN RECIBIDO EL MISMO MENSAJE. CREEN QUE ES UNA BROMA. CUANDO SE QUEDA SOLO, ELIO RESPONDE AL MENSAJE.

NDING.
SOLIS

Al día siguiente, a Elio le pasa una cosa increíble. Ve una nave en el cielo. Luego, un haz de luz lo lleva hasta ella y viajan por el espacio a gran velocidad. Está muy contento.

AL DÍA SIGUIENTE, A ELIO LE PASA UNA COSA INCREÍBLE. VE UNA NAVE EN EL CIELO. LUEGO, UN HAZ DE LUZ LO LLEVA HASTA ELLA Y VIAJAN POR EL ESPACIO A GRAN VELOCIDAD. ESTÁ MUY CONTENTO.

La nave lo lleva a Comuniverso, una maravillosa ciudad espacial donde viven seres de muchos planetas. Unos embajadores muy amables se la enseñan. Creen que Elio es el líder de la Tierra.

LA NAVE LO LLEVA A COMUNIVERSO, UNA MARAVILLOSA CIUDAD ESPACIAL DONDE VIVEN SERES DE MUCHOS PLANETAS. UNOS EMBAJADORES MUY AMABLES SE LA ENSEÑAN. CREEN QUE ELIO ES EL LÍDER DE LA TIERRA.

Un ejército quiere invadir Comuniverso y Elio se ofrece a hablar con su jefe, Grigon. Llega hasta él con una pequeña nave espacial. No logra convencer a Grigon y acaba en prisión.

UN EJÉRCITO QUIERE INVADIR COMUNIVERSO Y ELIO SE OFRECE A HABLAR CON SU JEFE, GRIGON. LLEGA HASTA ÉL CON UNA PEQUEÑA NAVE ESPACIAL. NO LOGRA CONVENCER A GRIGON Y ACABA EN PRISIÓN.

Elio escapa de la celda y conoce a Glordon, el hijo de Grigon. También descubre que, al crecer, los seres del planeta donde vive Glordon se ponen una armadura enorme para siempre.

ELIO ESCAPA DE LA CELDA Y CONOCE A GLORDON, EL HIJO DE GRIGON. TAMBIÉN DESCUBRE QUE, AL CRECER, LOS SERES DEL PLANETA DONDE VIVE GLORDON SE PONEN UNA ARMADURA ENORME PARA SIEMPRE.

Los dos vuelven a la ciudad y se van a pasear. Enseguida se hacen amigos. Glordon le confiesa a Elio que no quiere ponerse la coraza como los demás y que su padre se enfadará con él.

LOS DOS VUELVEN A LA CIUDAD Y SE VAN A PASEAR. ENSEGUIDA SE HACEN AMIGOS. GLORDON LE CONFIESA A ELIO QUE NO QUIERE PONERSE LA CORAZA COMO LOS DEMÁS Y QUE SU PADRE SE ENFADARÁ CON ÉL.

Elio oculta a Glordon en la nave espacial y este, por error, viaja a la Tierra. Grigon está furioso, quiere recuperar a su hijo y la embajadora envía a Elio a casa para protegerlo.

ELIO OCULTA A GLORDON EN LA NAVE ESPACIAL Y ESTE, POR ERROR, VIAJA A LA TIERRA. GRIGON ESTÁ FURIOSO, QUIERE RECUPERAR A SU HIJO Y LA EMBAJADORA ENVÍA A ELIO A CASA PARA PROTEGERLO.

En la Tierra, Elio se reencuentra con Olga. Los dos descubren la nave de Glordon en un hangar. Glordon se encuentra mal por el cambio de atmósfera. Tienen que llevárselo de allí.

EN LA TIERRA, ELIO SE REENCUENTRA CON OLGA. LOS DOS DESCUBREN LA NAVE DE GLORDON EN UN HANGAR. GLORDON SE ENCUENTRA MAL POR EL CAMBIO DE ATMÓSFERA. TIENEN QUE LLEVÁRSELO DE ALLÍ.

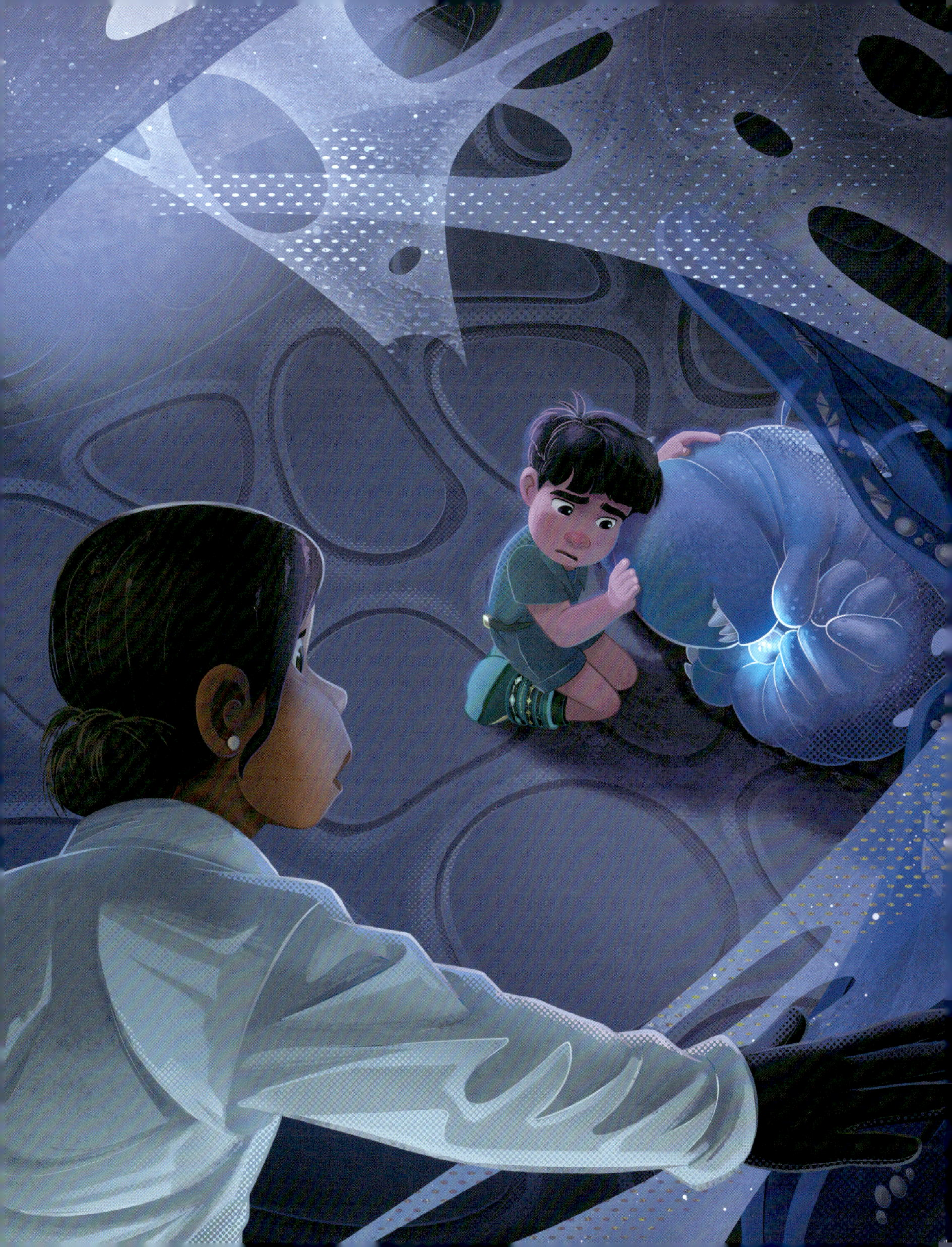

Elio despega con rumbo a Comuniverso. Él y Olga se turnan a los mandos mientras atienden al pobre Glordon. Elio promete a su amigo que lo llevará de vuelta sano y salvo.

ELIO DESPEGA CON RUMBO A COMUNIVERSO. ÉL Y OLGA SE TURNAN A LOS MANDOS MIENTRAS ATIENDEN AL POBRE GLORDON. ELIO PROMETE A SU AMIGO QUE LO LLEVARÁ DE VUELTA SANO Y SALVO.

Grigon se alegra mucho de recuperar a su hijo y acepta que no se ponga la armadura. Los embajadores están muy contentos. Le dicen a Elio que puede quedarse a vivir con ellos.

GRIGON SE ALEGRA MUCHO DE RECUPERAR A SU HIJO Y ACEPTA QUE NO SE PONGA LA ARMADURA. LOS EMBAJADORES ESTÁN MUY CONTENTOS. LE DICEN A ELIO QUE PUEDE QUEDARSE A VIVIR CON ELLOS.

Elio ha disfrutado mucho de la aventura, pero decide regresar a la Tierra con su tía Olga. Antes de irse, Glordon y él se dan un abrazo. Los dos tienen un nuevo amigo espacial.

ELIO HA DISFRUTADO MUCHO DE LA AVENTURA, PERO DECIDE REGRESAR A LA TIERRA CON SU TÍA OLGA. ANTES DE IRSE, GLORDON Y ÉL SE DAN UN ABRAZO. LOS DOS TIENEN UN NUEVO AMIGO ESPACIAL.

ACTIVIDADES

1. ¿Cuál es el sueño de Elio?

....

....

2. ¿Qué mensaje recibe Elio en la playa y luego en la base?

....

....

3. ¿Quién vive en la ciudad espacial de Comuniverso?

....

....

4 ¿Por qué Elio va a hablar con Grigon?

....

....

....

5 Hay una cosa que Glordon no quiere hacer. ¿Cuál?

....

....

6 ¿Qué le proponen los embajadores a Elio cuando vuelve con Glordon?

....

....

Ya leo
SOLO

Otros títulos de la colección